王澄古稀集

4

繪画卷

王鑒爲 編

大象出版社

目錄

002 纍石低天
004 平林着淡妝
006 山高身自遠
008 獨看秋山
010 莫問是何山
012 初雪半消融
014 造物無意

016 虛空
018 不旁籬下
020 莫問爲誰酸
022 紅葉戲池魚
024 花卉四條屏
026 高枝凝別色

纍石低天

紙本　2006年　34cm×137cm

款識：纍石低天。王澄。

鈐印：王澄之印（白文）。

平林着淡妝

紙本　2008年　65cm×132cm

款識： 蹊徑尋清趣，平林着淡妝。閑雲回看處，禪意個中藏。

半禪堂王澄無事。

鈐印： 王澄之印（白文）。

山高身自遠

紙本　2008年　69cm×137cm

款識：山高身自遠。半禪堂王澄意寫之。

鈐印：半禪堂（朱文）。

山居身自遠

…

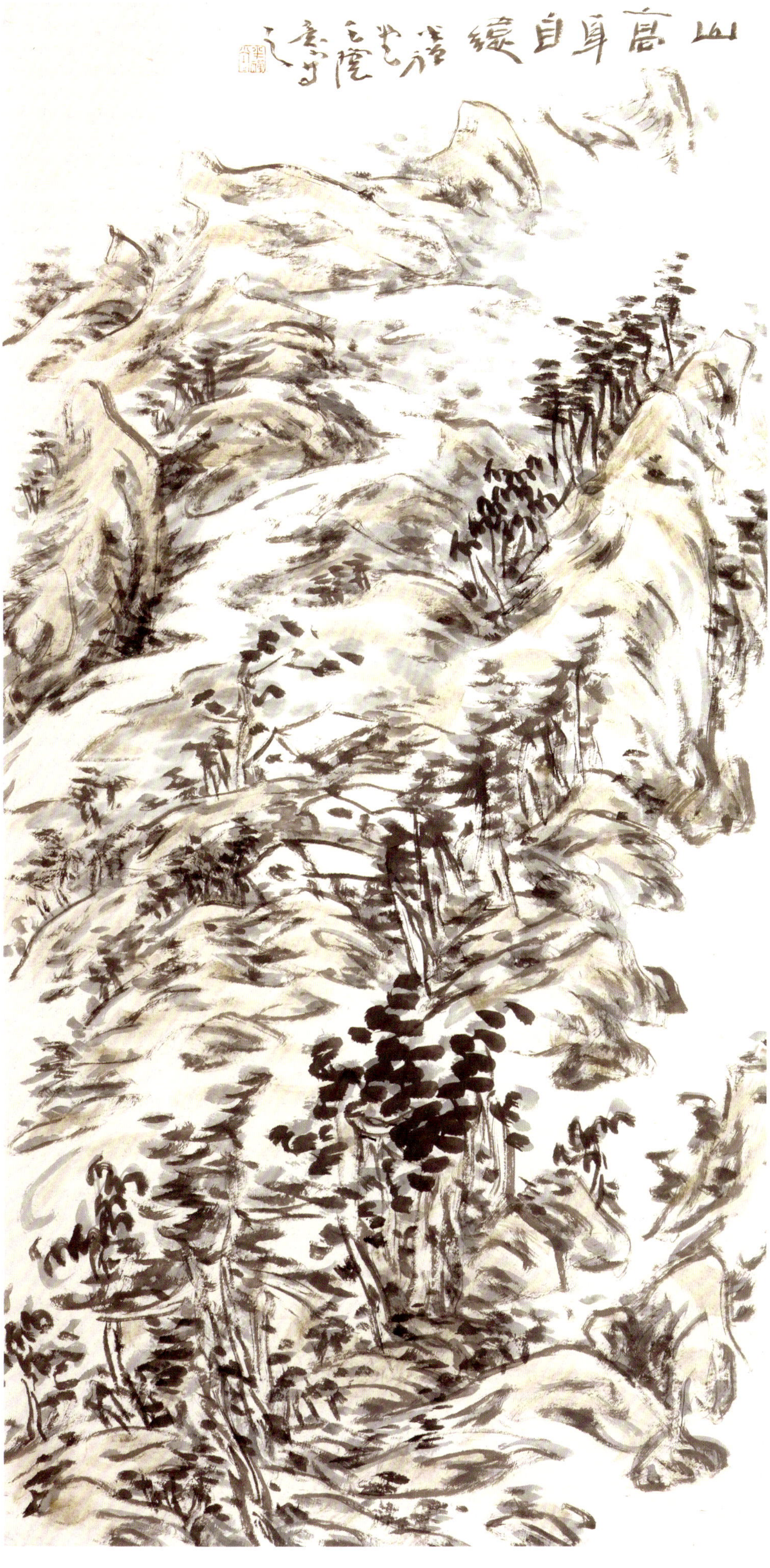

獨看秋山

紙本　2008年　70cm×240cm

款識：丹青墻上玩，排列畫圖寬。誰解幽人意，秋山獨自看。戊子秋暮，半禪堂王澄寫在中原古玩城。

鈐印：王澄寫心（白文），道者不處（朱文）。

峰色有無開點雲弌復環寫如來意雲問晨

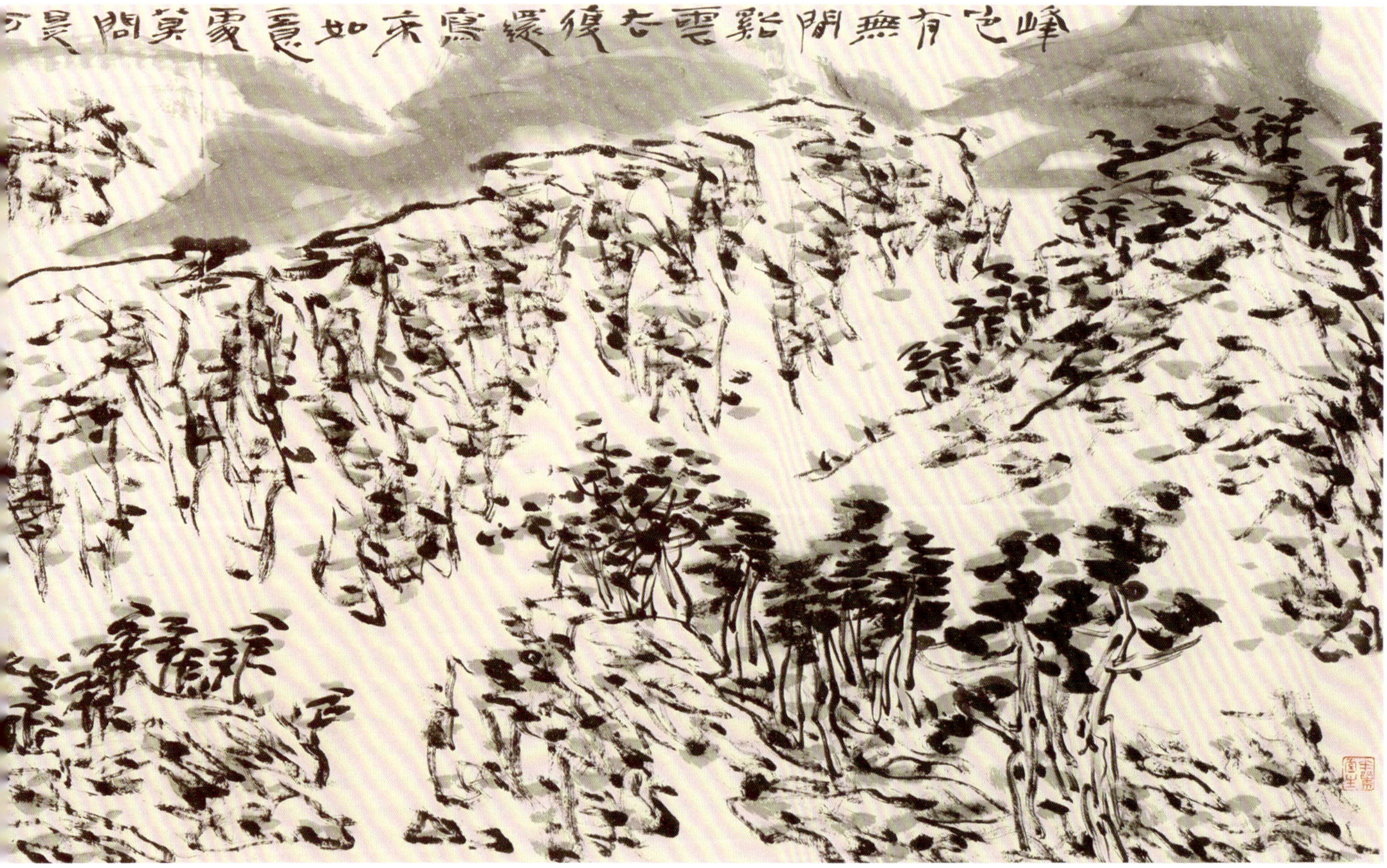

莫問是何山

紙本　2008年　70cm×240cm

款識：峰色有無間，溪雲去復還。寫來如意處，莫問是何山。戊子年天符節於古商城之中原古玩城，半禪堂王澄并題之。

鈐印：王澄寫心（白文），道者不處（朱文），半禪堂主（朱文）。

初雪半消融

紙本　2008年　52cm×234cm

款識：歲時秋復冬，初雪半消融。倦鳥移家去，山人未可踪。半禪堂王澄。

鈐印：王澄之印（白文），半禪堂（朱文）。

造物無意

紙本　2008 年　96cm×180cm

款識： 壬寅四月，余游天台、雁宕畢，游處州之黃龍山。山皆磥磥大圓石，坻伏鬱烟，各相跆藉，類東魯嶧山，與台、宕絶异。人疑造物矜奇乃爾，予曉之曰：此豈造物者之有意爲哉，使有意爲之，必不能成如是形；就成如是形，亦不能有此奇變。惟其氣化推遷，偶然而生，適然而成，正恐造物者有意不爲之，而反有所不能。右袁枚游黃龍山記節録。是記言斯山之矜奇，論造物之無意，以幼時水盂投錫之嬉作喻，形象生動，理出自然，正所謂是山説也，非山記也。袁枚者，高人也。戊子秋仲，半禪堂王澄并識之。

鈐印： 佛像印，王澄寫心（白文），半禪堂（朱文），半禪堂（朱文）。

虛空

紙本　2008年　96cm×180cm

款識： 虛空。

鈐印： 王澄之印（白文），不與人同（朱文）。

不旁籬下

紙本　2008年　70cm×137cm

款識：枝幹亭亭彎亦直，不旁籬下偏旁石。繁華歷盡辨由來，芳野清霜酬舊識。戊子冬寫舊作詩意，半禪堂王澄并題之。

鈐印：王澄之印（白文），半禪堂主（朱文），不與人同（朱文）。

枝荔質之冷峭，不求以直不蔓，纖不倚而等石，繁不亂悉怎之，鮮如秉芳舒，清霞洲潸新，丙子之六月偶作於京坐擁堂之陵老翁之

莫問爲誰酸

紙本　2008 年　66cm×137cm

款識：憶得啖金丸，安知玉齒寒。而今移紙上，莫問爲誰酸。戊子冬，半禪堂王澄無事。

鈐印：王澄詩書印（白文），半禪堂（朱文），守方圓（朱文）。

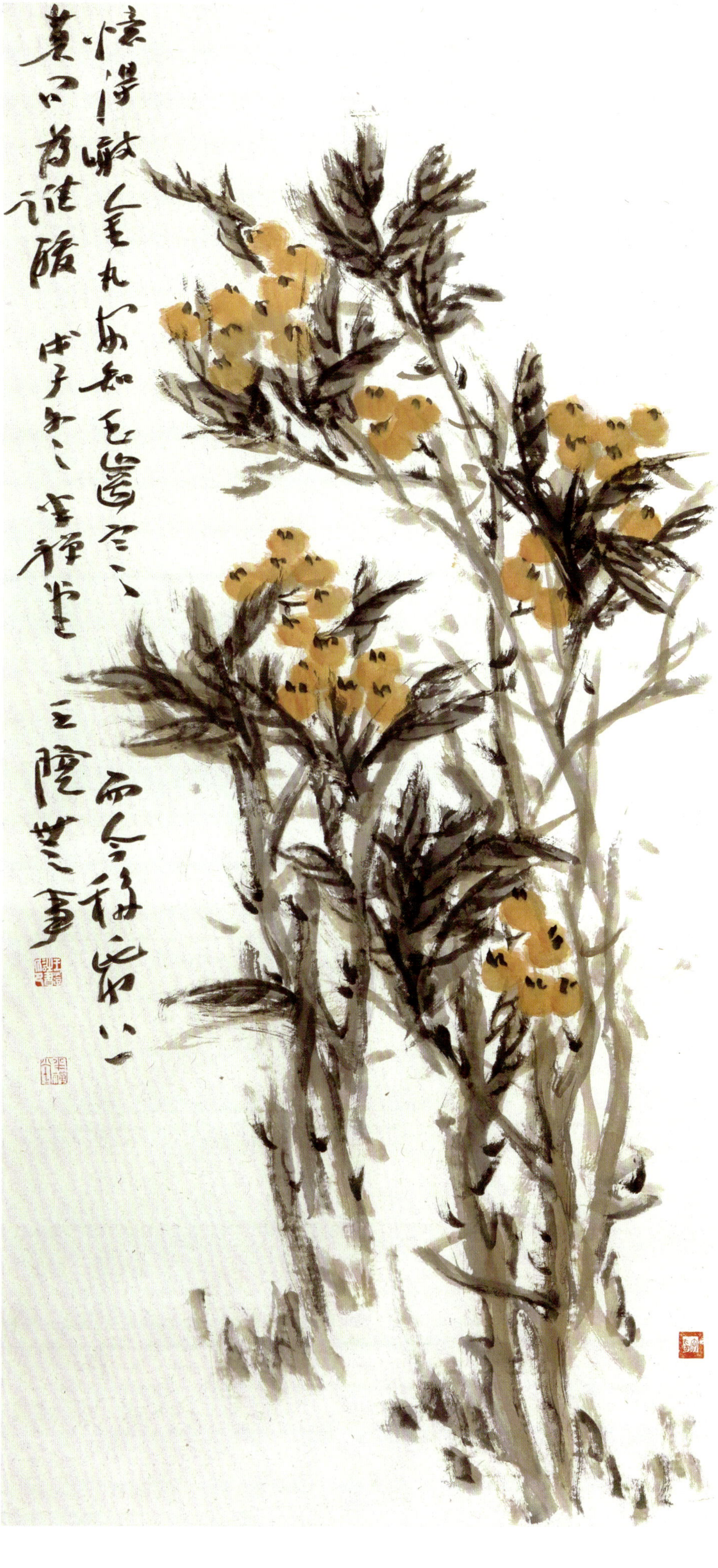

紅葉戲池魚

紙本　2008年　56cm×137cm

款識：仿虛谷意。半禪堂王澄。

隨意多偷古，莫言筆墨虛。疏枝含別趣，紅葉戲池魚。戊子冬龍聚之日補詩。

鈐印：王澄之印（白文），道者不處（朱文），王澄詩書印（白文），半禪堂（朱文）。

随意多喻古篆言笔墨画陈板令别趣
红叶戏池鱼戊子秋龙瑞又日补诗
仿唐岱意金陵栖霞之隐

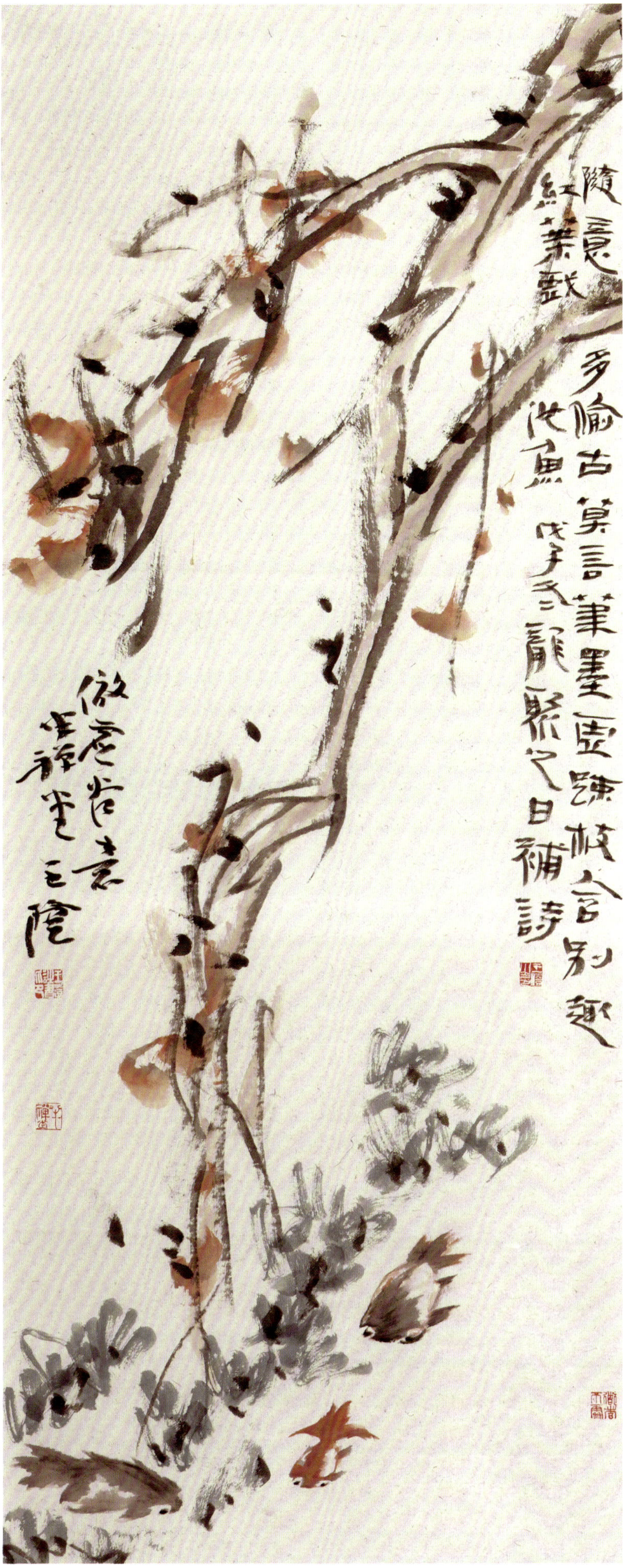

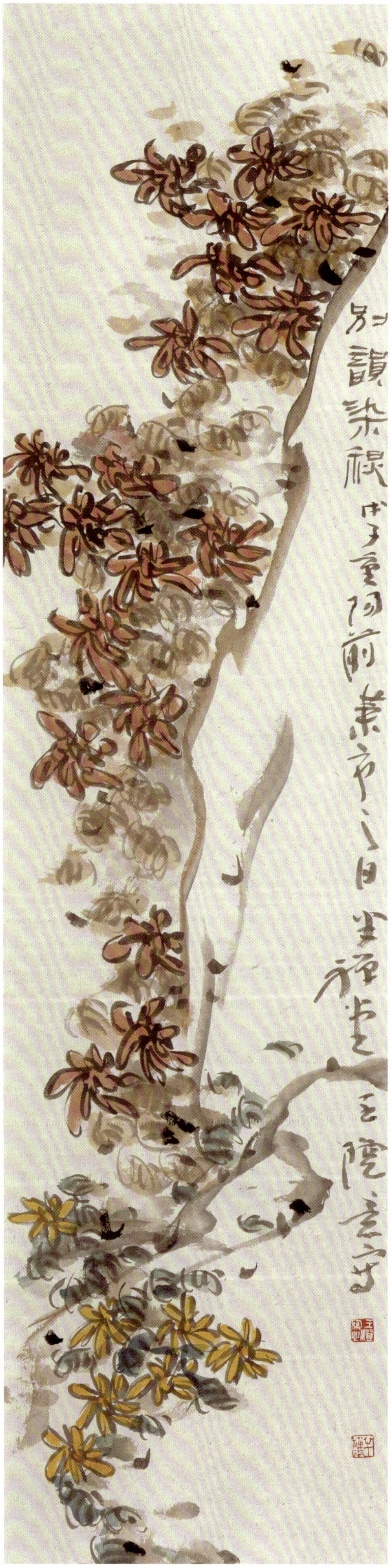

花卉四條屏

紙本　2008年　34cm×135cm×4

款識： 別韵染秋。戊子重陽前菜市之日，半禪堂王澄意寫。

嬌容半著冰。戊子年重陽前三日，半禪堂王澄於古商城。

我也依樣。半禪堂王澄試筆并題。

紫綬何歸。半禪堂王澄寫意，時戊子重陽前菜市之日。

鈐印： 王澄寫心（白文），半禪堂（朱文），佛像印，小大地（白文），鑒爲水墨（朱文）。

高枝凝別色

紙本　2008年　60cm×138cm

款識：高枝凝別色，勁節本無心。戊子年重陽，半禪堂王澄題於古商城。

鈐印：王澄詩書印（白文），道者不處（朱文），童心當存（白文）。

所染不同

紙本　2008年　80cm×193cm

款識：同出污（淤）泥，所染不同。戊子冬，半禪堂王澄。

鈐印：王澄之印（白文）。

同生浮泥之中而染不同 戊子冬又大雪堂主三晚

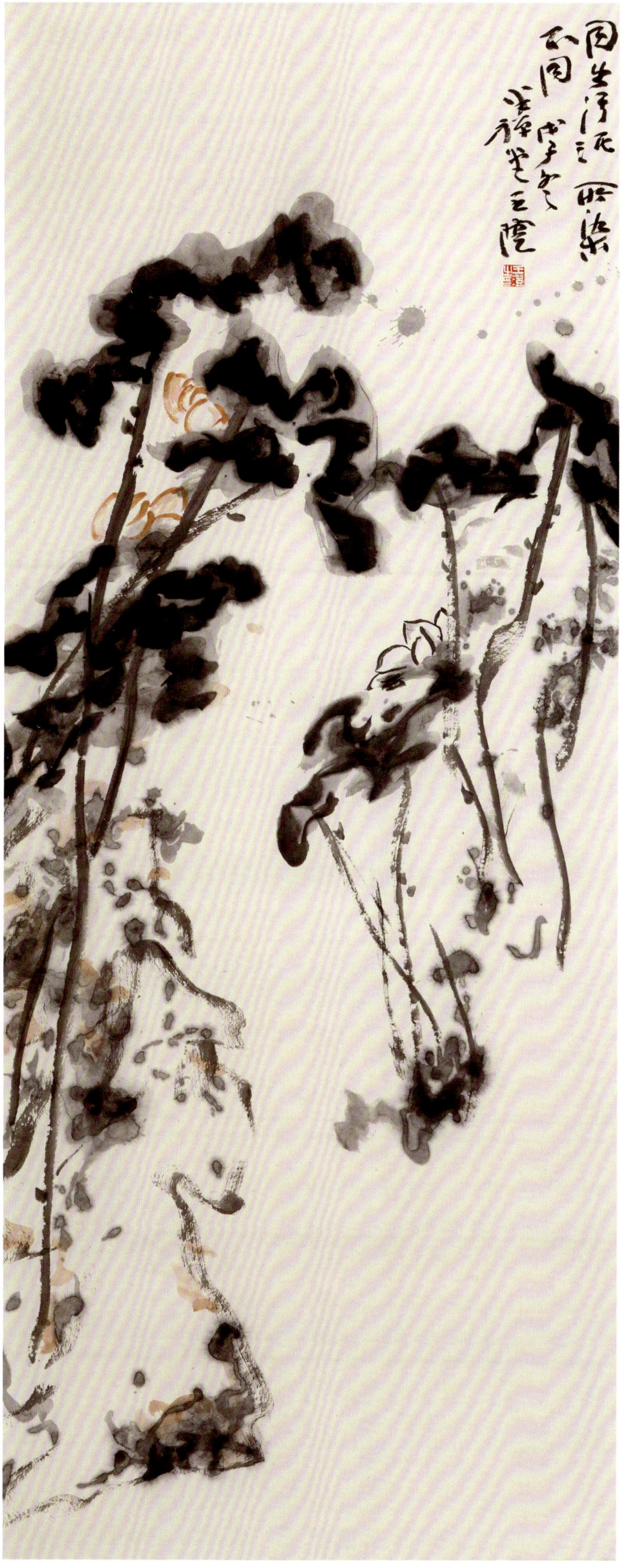

籬外清秋

紙本　2008 年　66cm×137cm

款識： 籬外清秋霜半染，梳風洗雨一塵無。諸君玩好知何味，捨得濃妝意自殊。戊子冬仲，半禪堂王澄寫舊作。

鈐印： 王澄詩書印（白文），半禪堂（朱文），不與人同（朱文）。

籬外清秋發
生染杭多泥
石上產芝
語不玩丹砂
何妨含泊漠
收衣自休
甘子求和
坐禪堂玉
陸子傑作

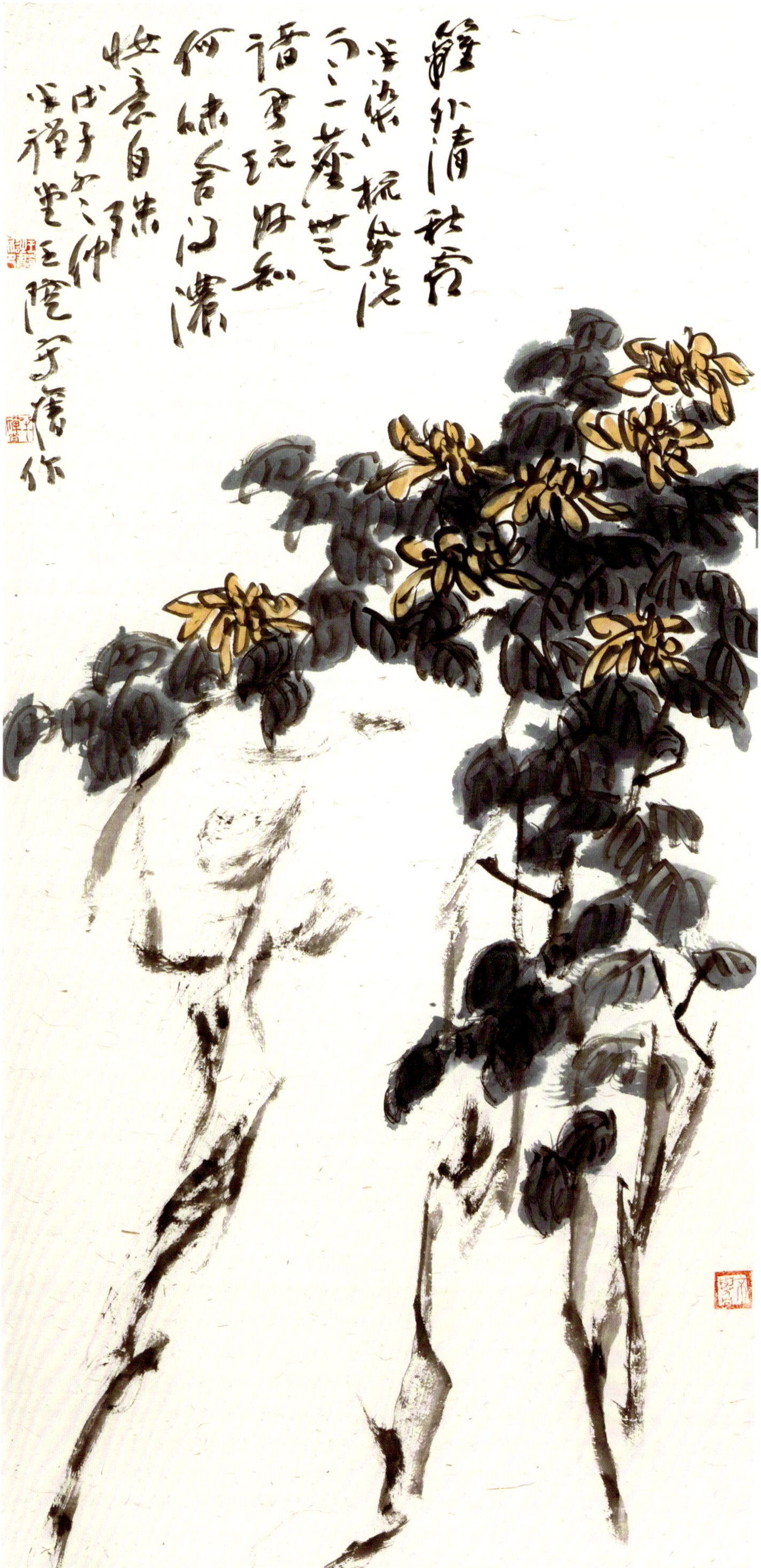

太虛寬

紙本　2009年　90cm×180cm

款識：窗前淫雨纖纖落，紙上輕雲縵縵摶。寫到會心如意處，壁游也覺太虛寬。己丑三伏，半禪堂王澄意寫并題。

鈐印：王澄詩書印（白文），不與人同（朱文）。

窗前細雨纖纖落紙上輕雲縷縷
摶寫到會心如意處壁游世
覺太虛寬

胸中無限山

紙本　2009年　90cm×180cm

款識：東西南北幾回看，不盡胸中無限山。借得丹青移紙上，横裁竪翦是詩丸。己丑夏至，半禪堂王澄并題於中原古玩城。

鈐印：王澄詩書印（白文），半禪堂（朱文）。

危岩引步遲

紙本　2009 年　90cm×180cm

款識：磊磊危岩引步遲，層層烟樹慢天姿。無心山水有心看，造物情緣莫我知。己丑六月荷日前三日於中原古玩城創作基地畫室，半禪堂王澄并題。

鈐印：王澄詩書印（白文），半禪堂（朱文）。

磊磊花巖引步遲層層煙翠浮天姿無心水有心看遍物情緣算我知乙丑八月將自秦三晉柏亭原右紀遊劍湖先生屬畫乞教於之陸恢題

雪來西嶺早

紙本　2009年　73cm×180cm

款識： 雪來西嶺早，葉落北川遲。但得山林趣，炎涼莫我知。己丑冬初，半禪堂王澄并題。

鈐印： 王澄之印（白文），半禪堂（朱文），不與人同（朱文）。

廿山隱幽圖卷

紙本　2010年　30cm×478cm

鈐印：佛像印，半禪（朱文），守方圓（朱文），王澄之印（白文）。

不世圖

紙本　2010年　90cm×180cm

款識：不世圖。庚寅雙五節，半禪堂王澄。

鈐印：王澄（朱文），半禪堂（朱文），不與人同（朱文）。

净山圖

紙本　2010年　70cm×140cm

款識：净山圖之五。半禪堂王澄。

鈐印：半禪堂（朱文）。

歲老秋山

紙本　2010年　45cm×60cm

款識：歲老秋山。庚寅秋暮，半禪堂王澄。

鈐印：王澄（朱文），半禪堂（朱文）。

歲老秋山
庚申秋省
雅堂之隱

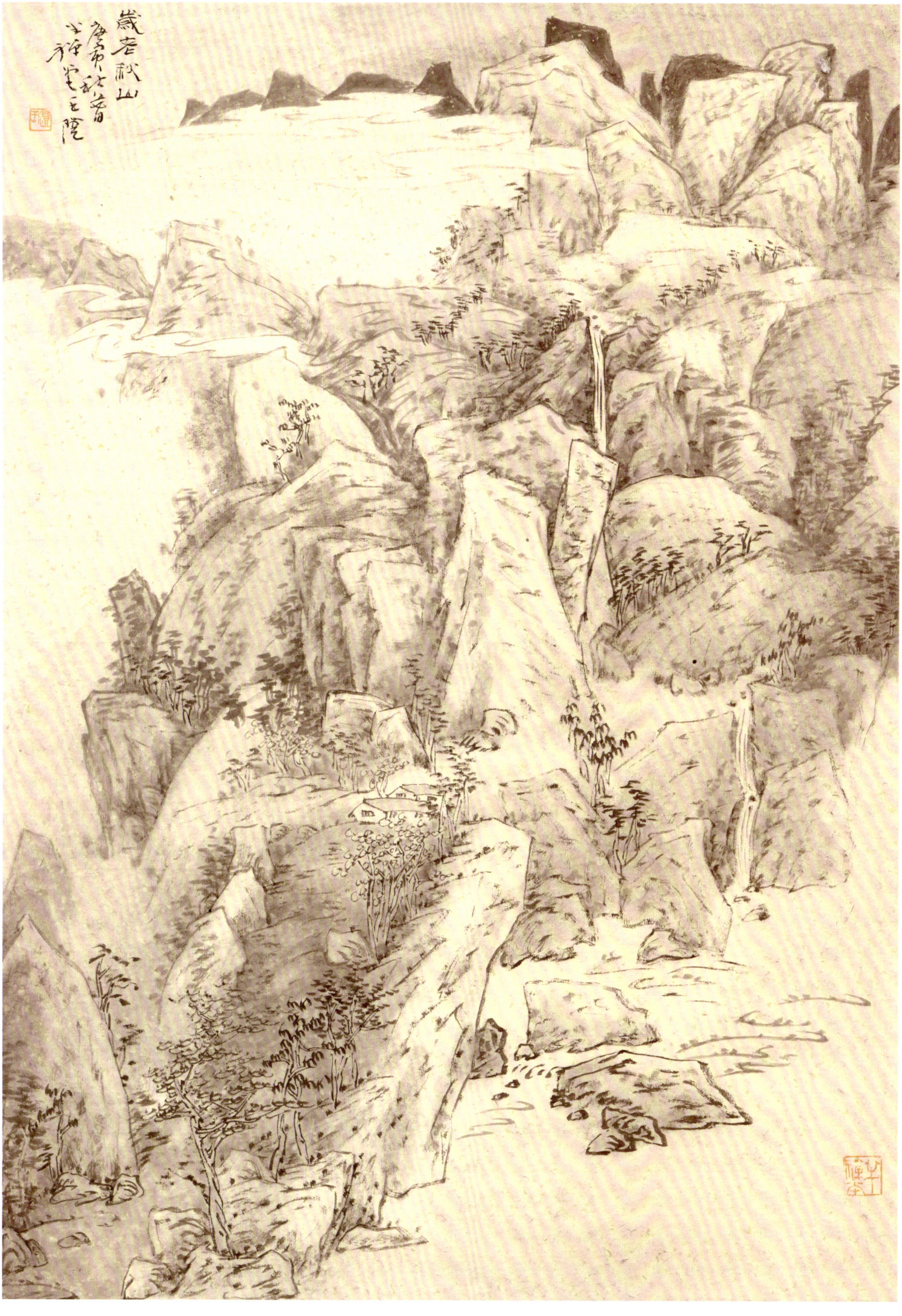

冷泉圖

紙本　2010年　30cm×68cm

款識：冷泉圖。庚寅冬，半禪堂王澄。

鈐印：王澄（白文），半禪堂（朱文）。

襟懷圖

紙本 2011年 70cm×140cm

款識：毫弱寫虛形，襟懷寸紙凝。輕輕融水墨，淡也是心情。辛卯秋仲寫舊作詩意，半禪堂王澄於古商城。

鈐印：半禪堂（朱文）。

虚静空灵形溁诡奇雲深
枝丫融水塞凌中是心情
辛卯秋律子疆作诗言
山松堂三陳松志山城

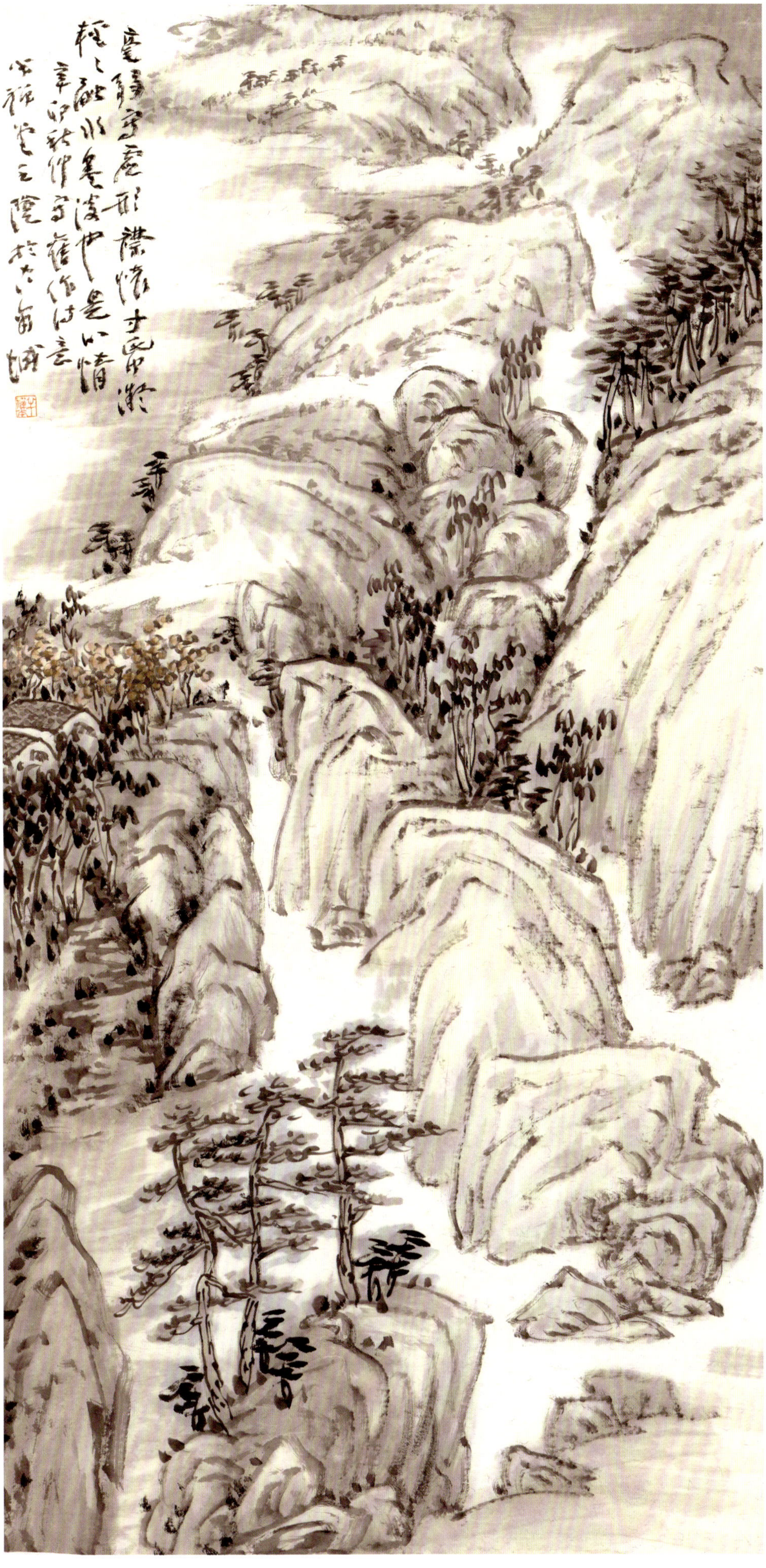

蹊雲隨意

紙本　2011年　70cm×140cm

款識：蹊雲隨意染，樹石亦從容。消得詩心寄，相疑造化同。辛卯寫舊作，半禪堂王澄。

鈐印：半禪堂（朱文）。

縱筆隨意樂悠悠 龍山泛舟消閒時以
夢如於造化同 壬寅十月崔作 雲禪室主陸

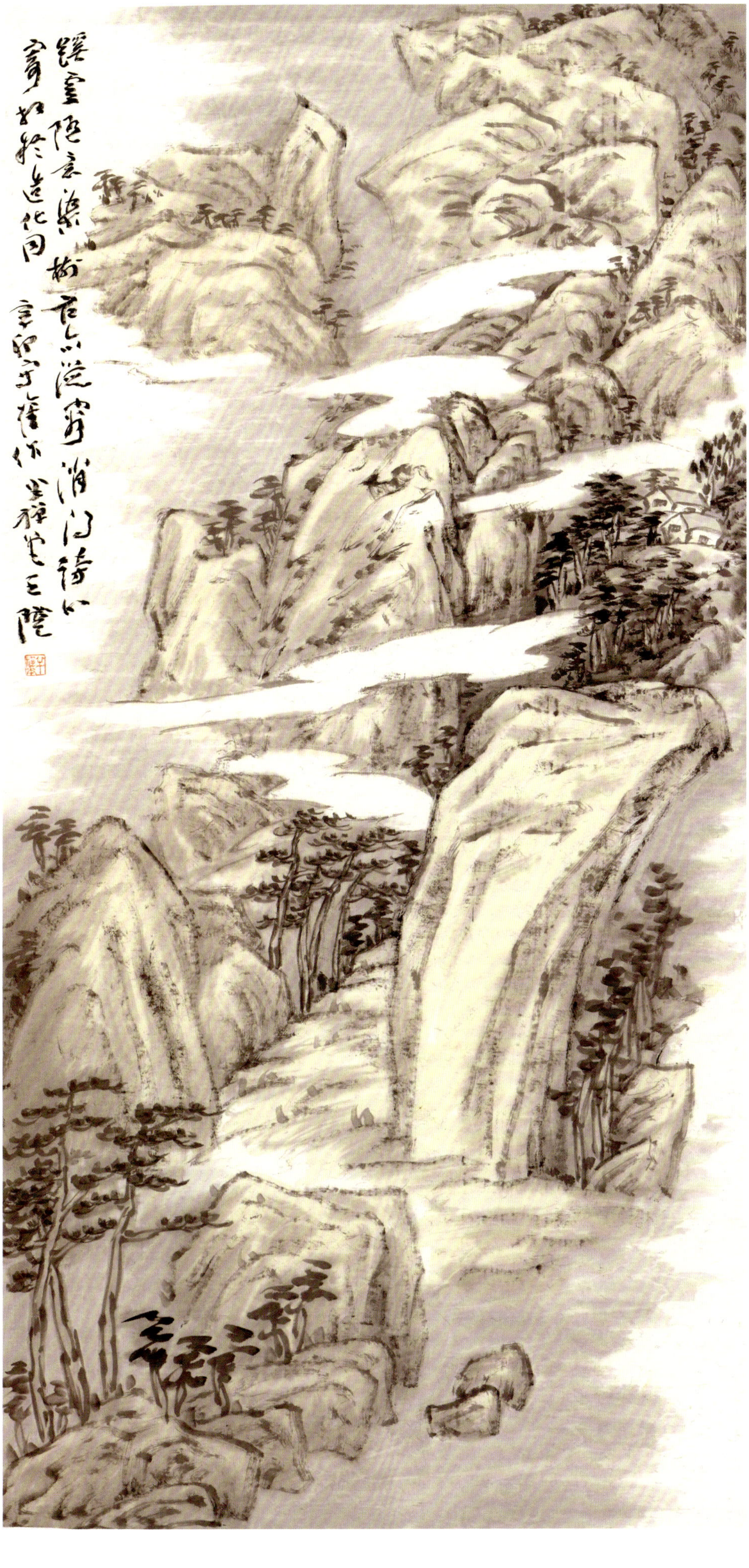

瘦石圖

紙本 2011 年 70cm × 140cm

款識： 瘦石憐高樹，孤雲好冷泉。虛空半紙也因緣，老夫壁游山水、似修禪。辛卯寫舊作，調寄南歌子。半禪堂王澄。

鈐印： 王澄（朱文），半禪堂（朱文）。

瘦石巉巉勢孤聳野冷飛
雲空朱紙也回緣岳氏壁
斷山水眠隱磚
辛卯方徑仙憶作調寄
南鄉子光緒廿二陵

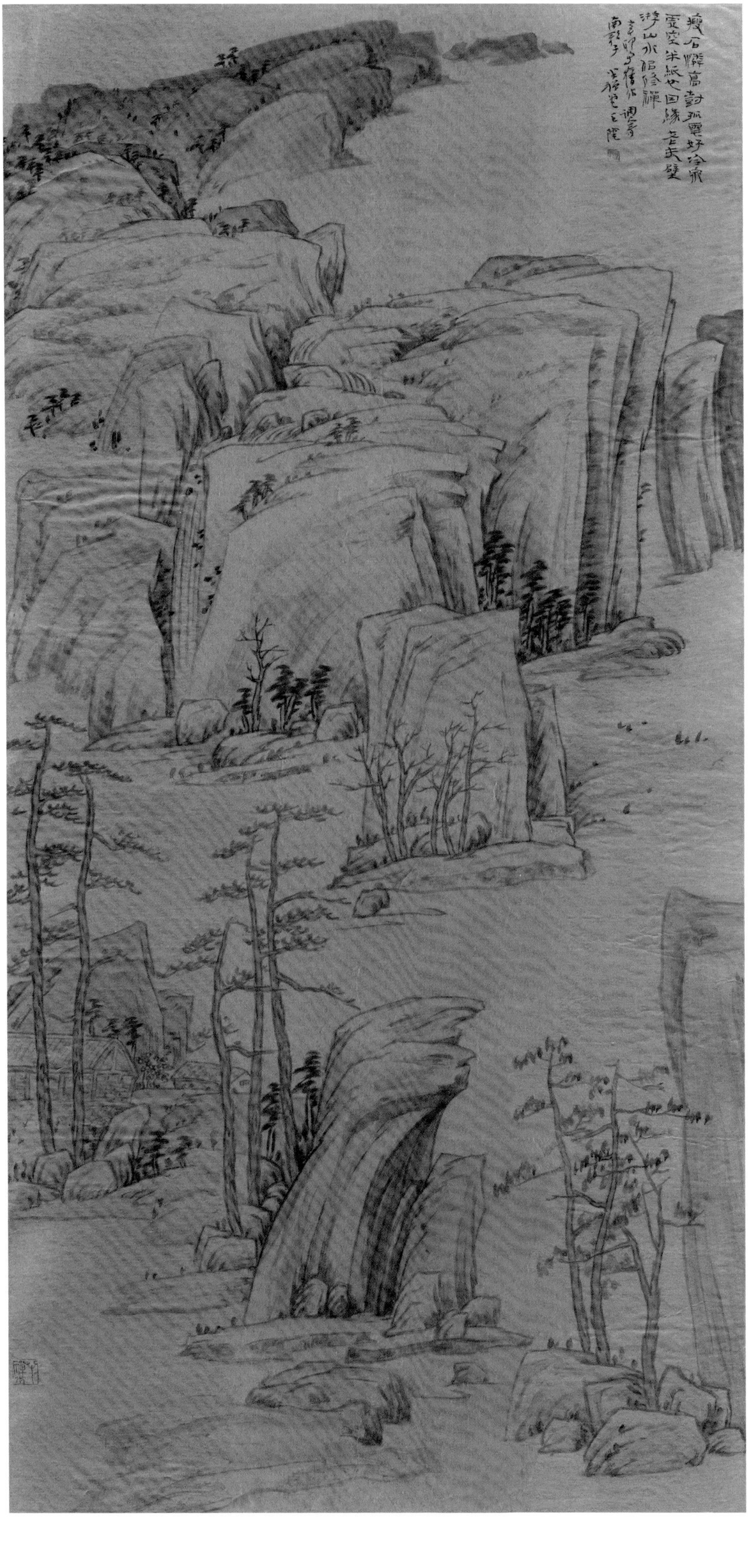

歸來圖

紙本　2011年　30cm×68cm

款識：歸來圖。半禪堂王澄。

鈐印：王澄（朱文），半禪堂（朱文）。

虛空圖

紙本　2011年　30cm×68cm

款識：瘦石憐高樹，孤雲好冷泉。虛空半紙也因緣，老夫壁游山水、似修禪。辛卯寫舊作意，調寄南歌子。半禪堂王澄。

鈐印：王澄（朱文），半禪堂（朱文）。

疊石嶙峋高對孤雲野冷泉
靈空半紙芝回緣昔共壁游
山水原修禪
庚辰年之信作書調寄
南歌子 王雅宜三陸

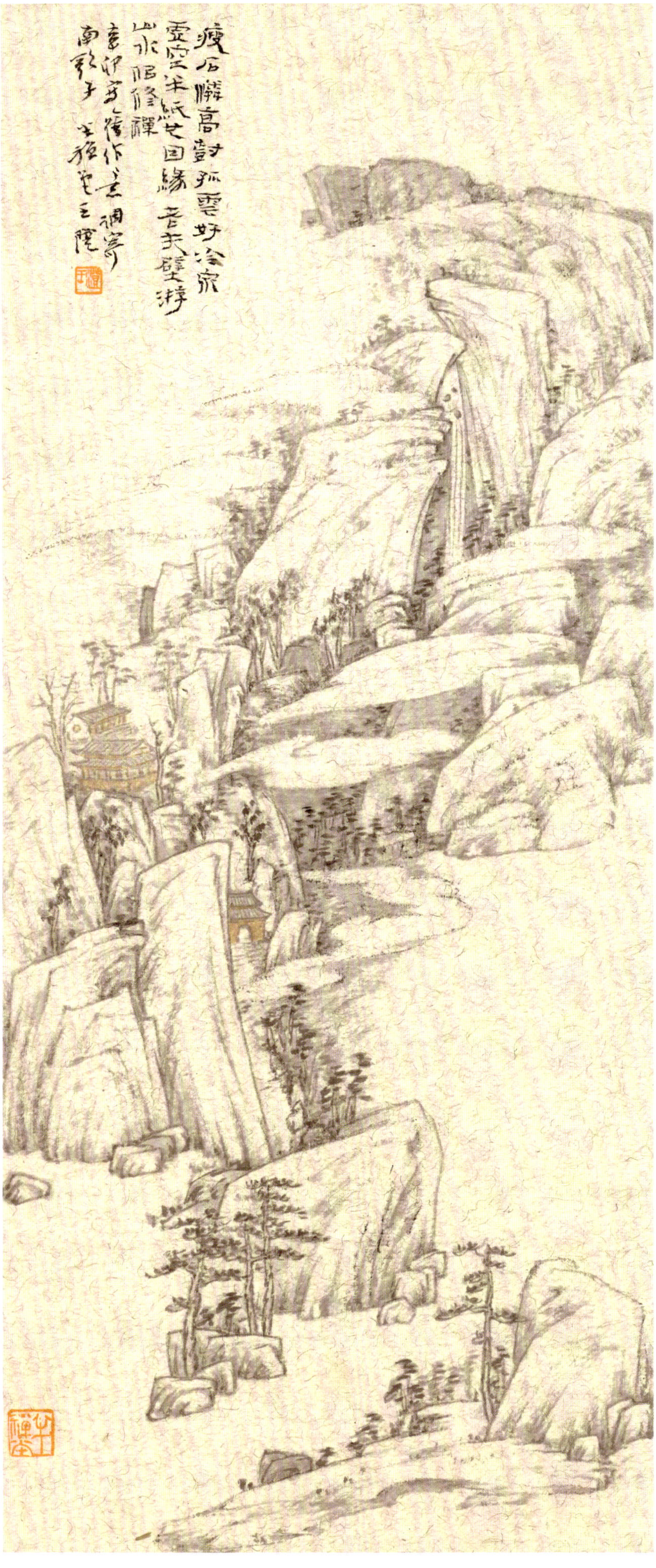

曠塬圖

紙本　2011年　55cm×55cm

款識：曠塬圖。辛卯春，半禪堂王澄。

鈐印：王澄（朱文），半禪堂（朱文）。

曠塬圖 甲申春孟祖旺寫於京陵

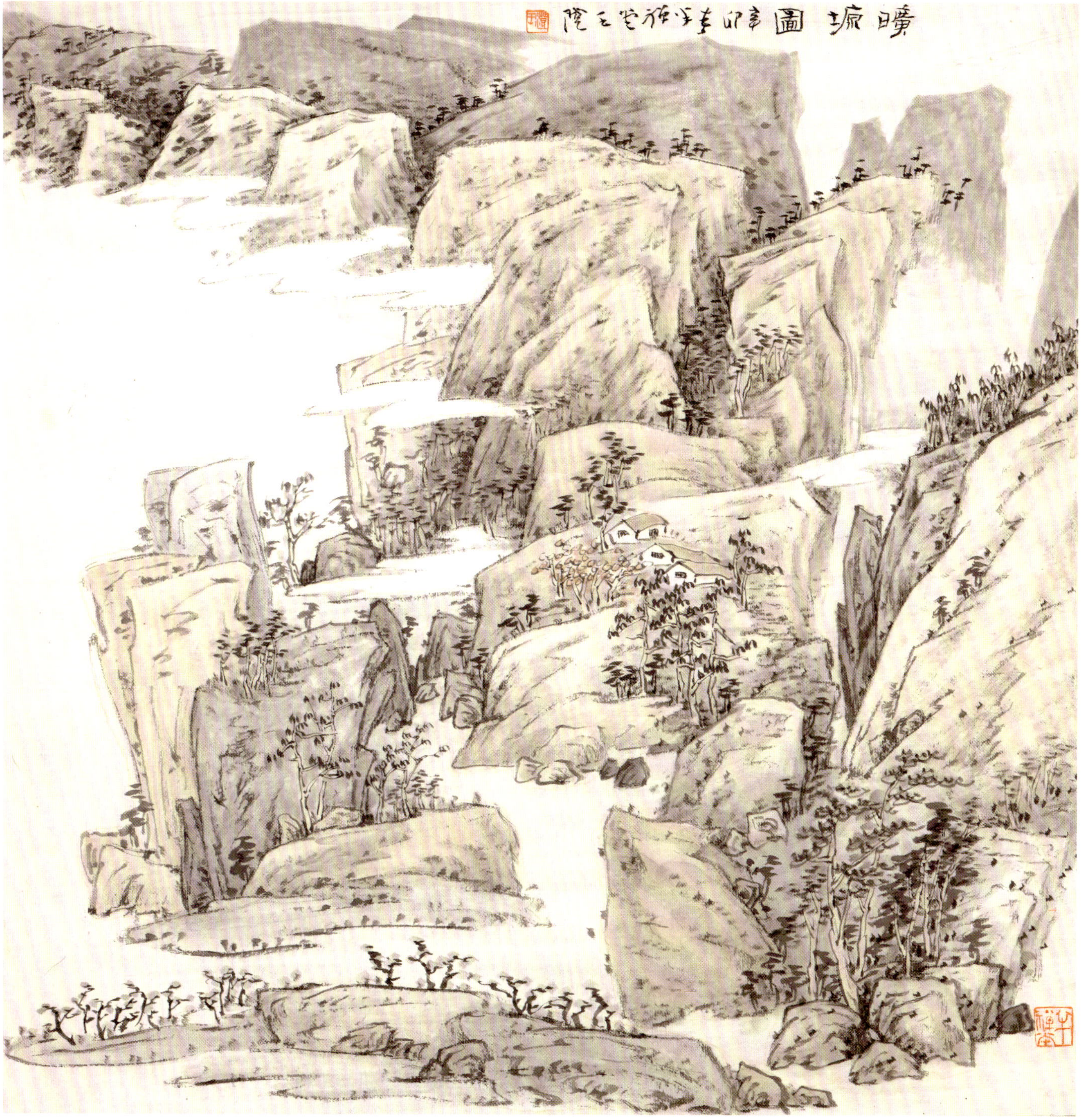

冷秋圖

紙本　2011年　30cm×40cm

款識：冷秋圖。半禪堂王澄。

鈐印：王澄（白文），半禪堂（朱文）。

冷秋圖金推挹之也陵

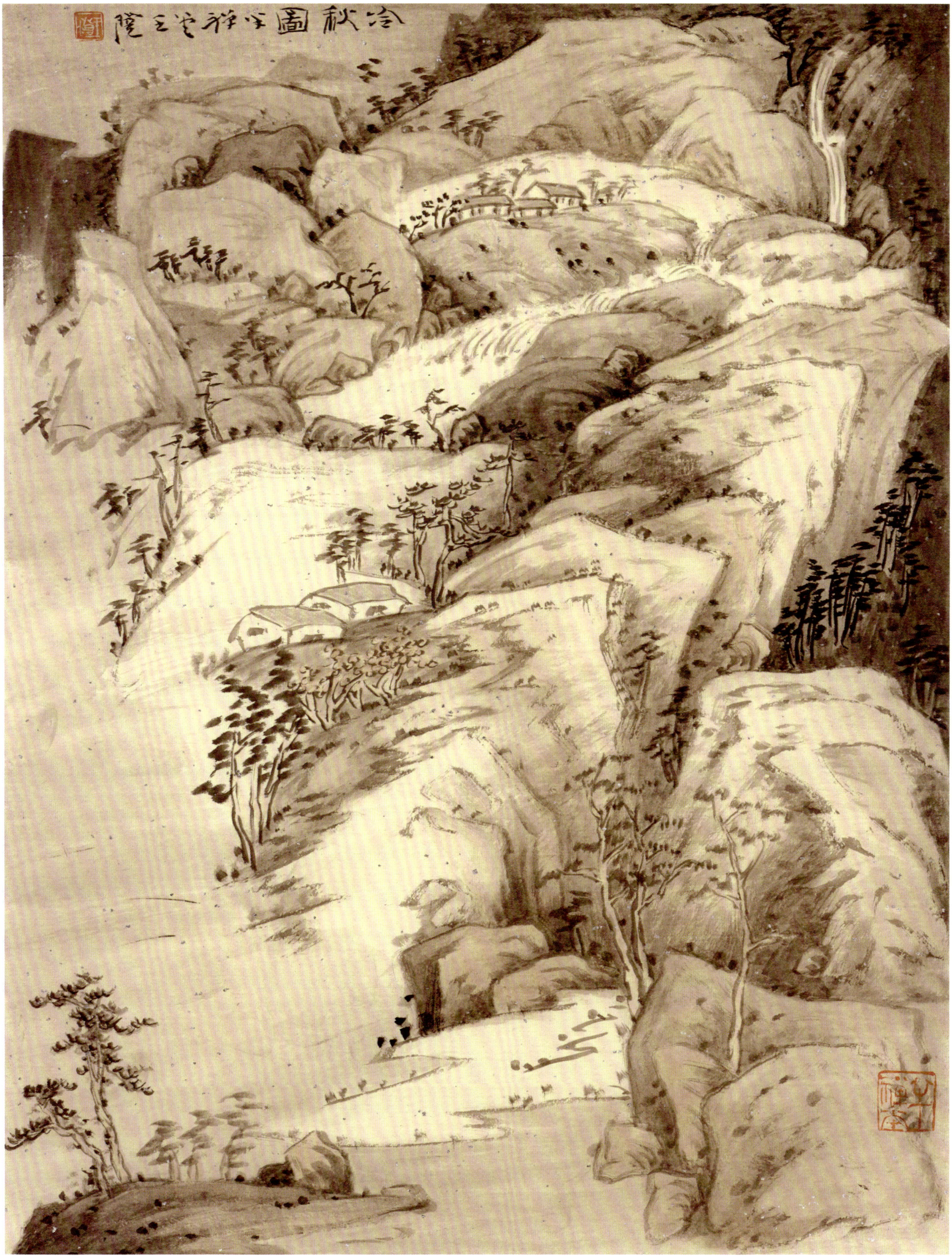

素屏

紙本　2011年　30cm×40cm

款識：素屏。

鈐印：王澄（白文），半禪堂（朱文）。

素屏

亦禪圖

紙本　2011年　70cm×140cm

款識：亦禪圖。辛卯陽春寫在中原古玩城畫室，半禪堂王澄。

鈐印：半禪堂（朱文）。

無仙無名亦是山

紙本　2011年　50cm×180cm

款識：無仙無名亦是山。辛卯夏，半禪堂王澄。

鈐印：半禪堂（朱文）。

閒情圖
身如不繫之舟
澄畫

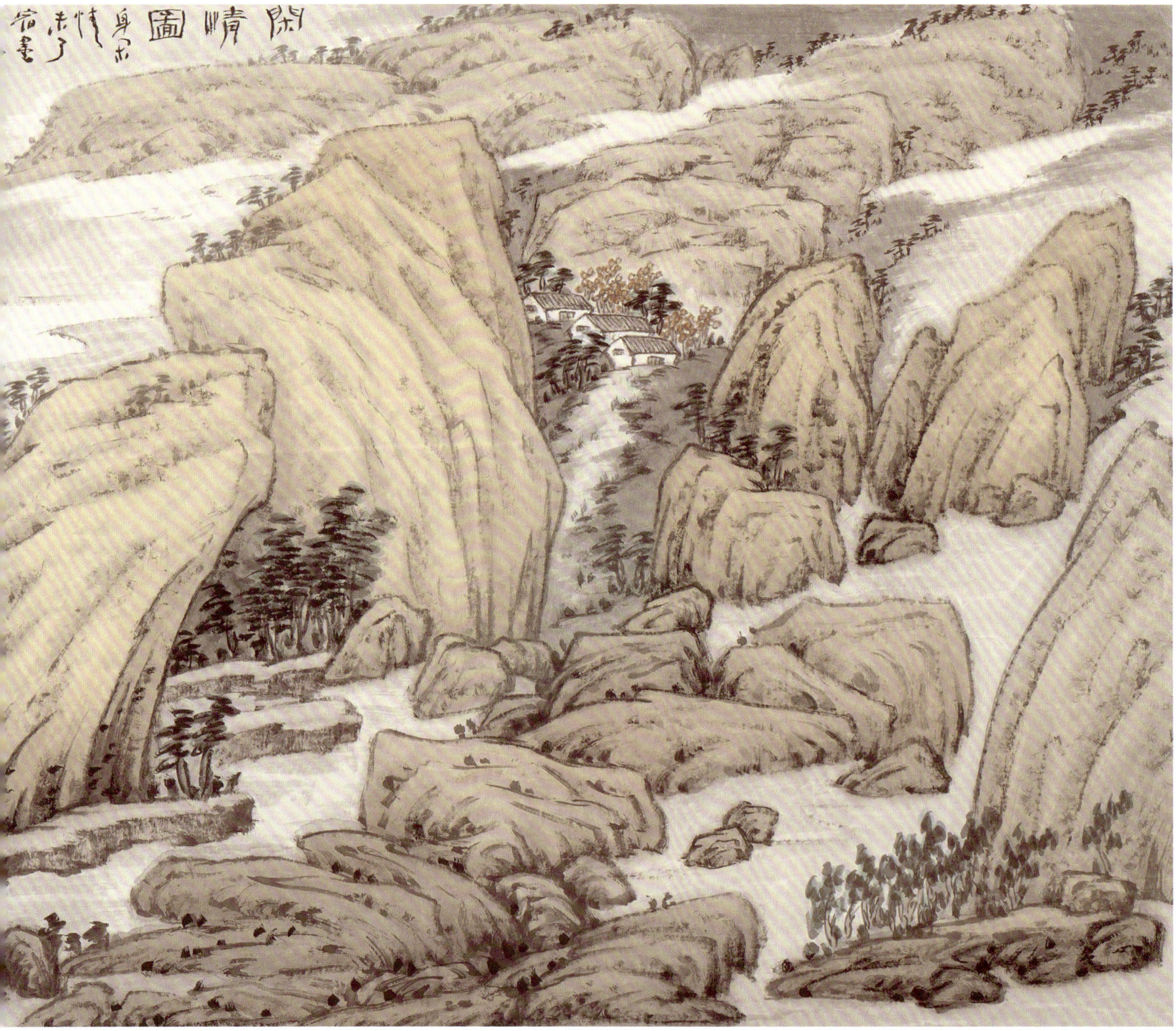

閑情圖

紙本　2011年　101cm×247cm

款識：閑情圖。身閑情未了，宿墨染砂丹。偶得林泉趣，邀君紙外看。辛卯寫舊作詩意，時在菊開之月天符節前一日，半禪堂王澄并記於中原古玩城創作基地畫室燈下。

鈐印：半禪堂（朱文），好音何作七弦彈（朱文）。

幽壑

紙本　2011年　30cm×40cm

款識：幽壑。半禪堂王澄。

鈐印：王澄（白文），半禪堂（朱文）。

幽寰
生於空
王陵

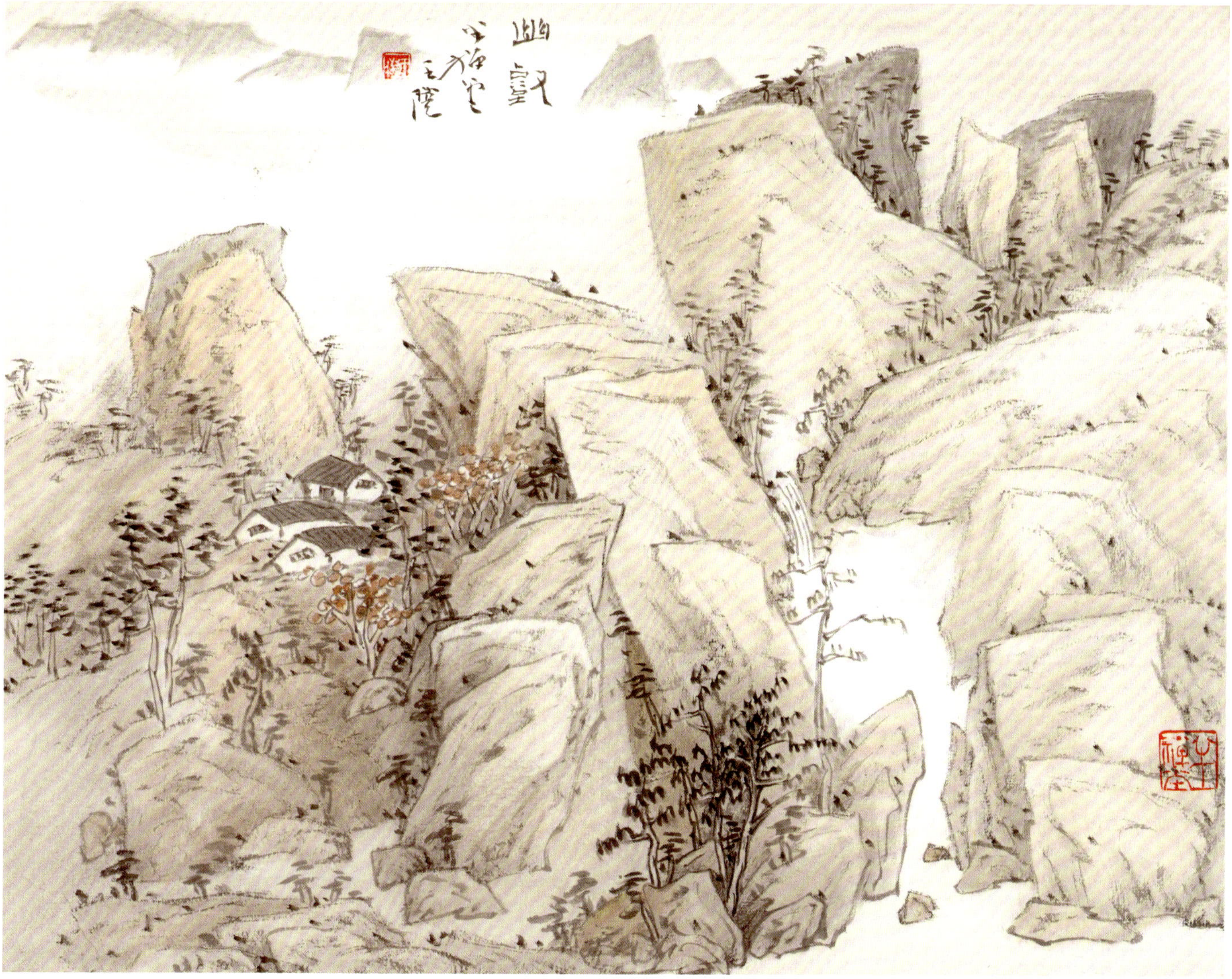

幽澗

紙本　2011年　30cm×40cm

款識：幽澗。

鈐印：王澄（白文），半禪堂（朱文）。

蹊雲圖

紙本　2012年　60cm×250cm

款識：蹊雲圖。壬辰新正寫於三亞灣，半禪堂王澄并記。

鈐印：王澄詩書印（白文）。

從長者上

紙本　2012年　125cm×250cm

款識：從長者上。瑞林上將軍教正，壬辰清暑之日寫在鄭東新區，半禪堂王澄并記。

鈐印：王澄之印（白文）。

瘦雲圖

紙本　2012年　40cm×60cm

款識：瘦雲圖。半禪堂王澄。

鈐印：半禪堂（白文）。

懷古圖
光軍兄正腕

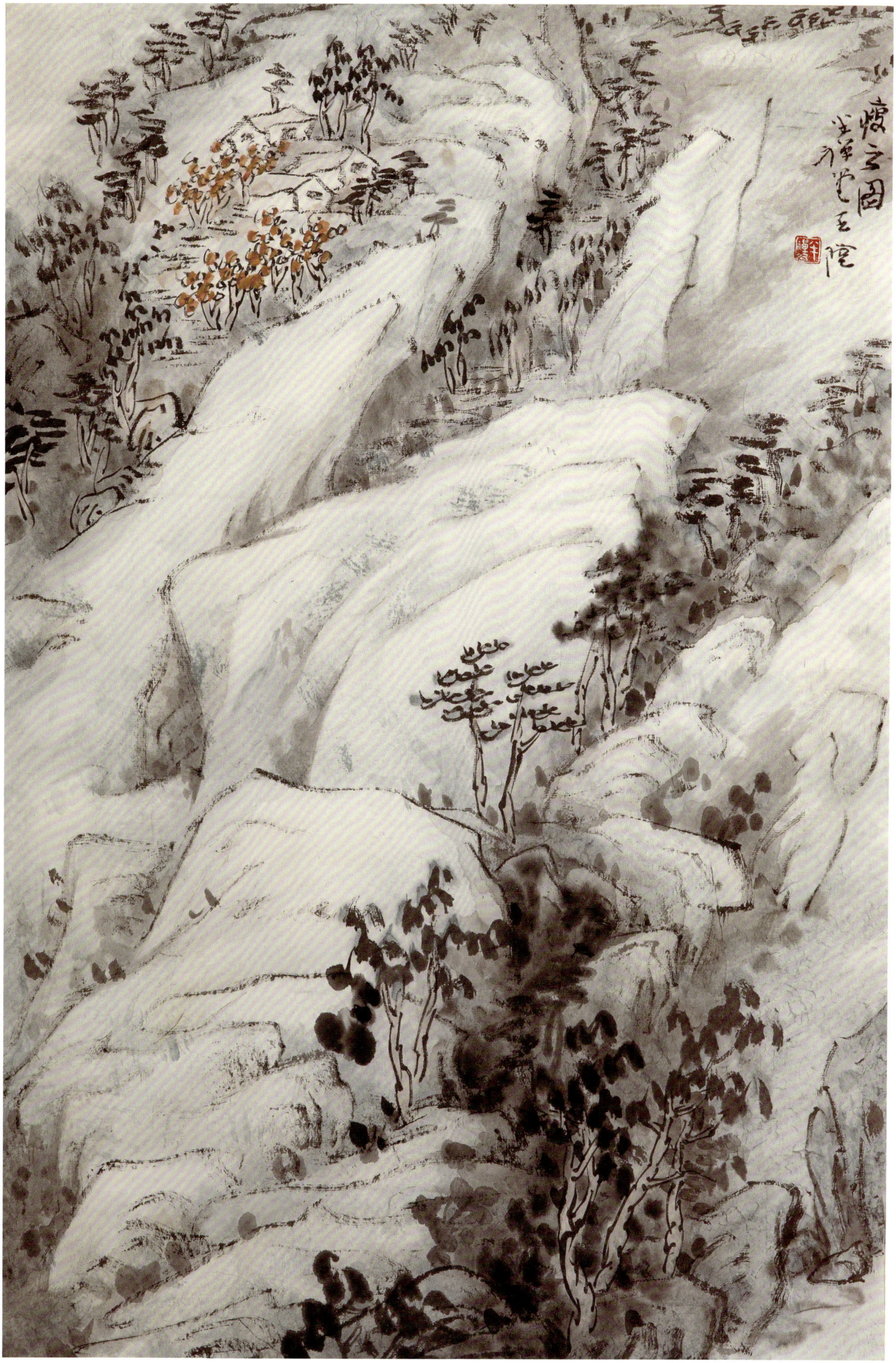

伴雲圖

紙本　2012年　40cm×60cm

款識： 伴雲圖。半禪堂王澄。

鈐印： 半禪堂（白文）。

收雲圖

紙本　2012年　40cm×60cm

款識： 收雲圖。半禪堂王澄。

鈐印： 王澄（白文），半禪堂（朱文）。

岫雲圖
王隱

隨雲圖

紙本　2012年　40cm×60cm

款識： 隨雲圖。半禪堂王澄。

鈐印： 半禪堂（白文）。

陀立圖
坐雜
王鑑

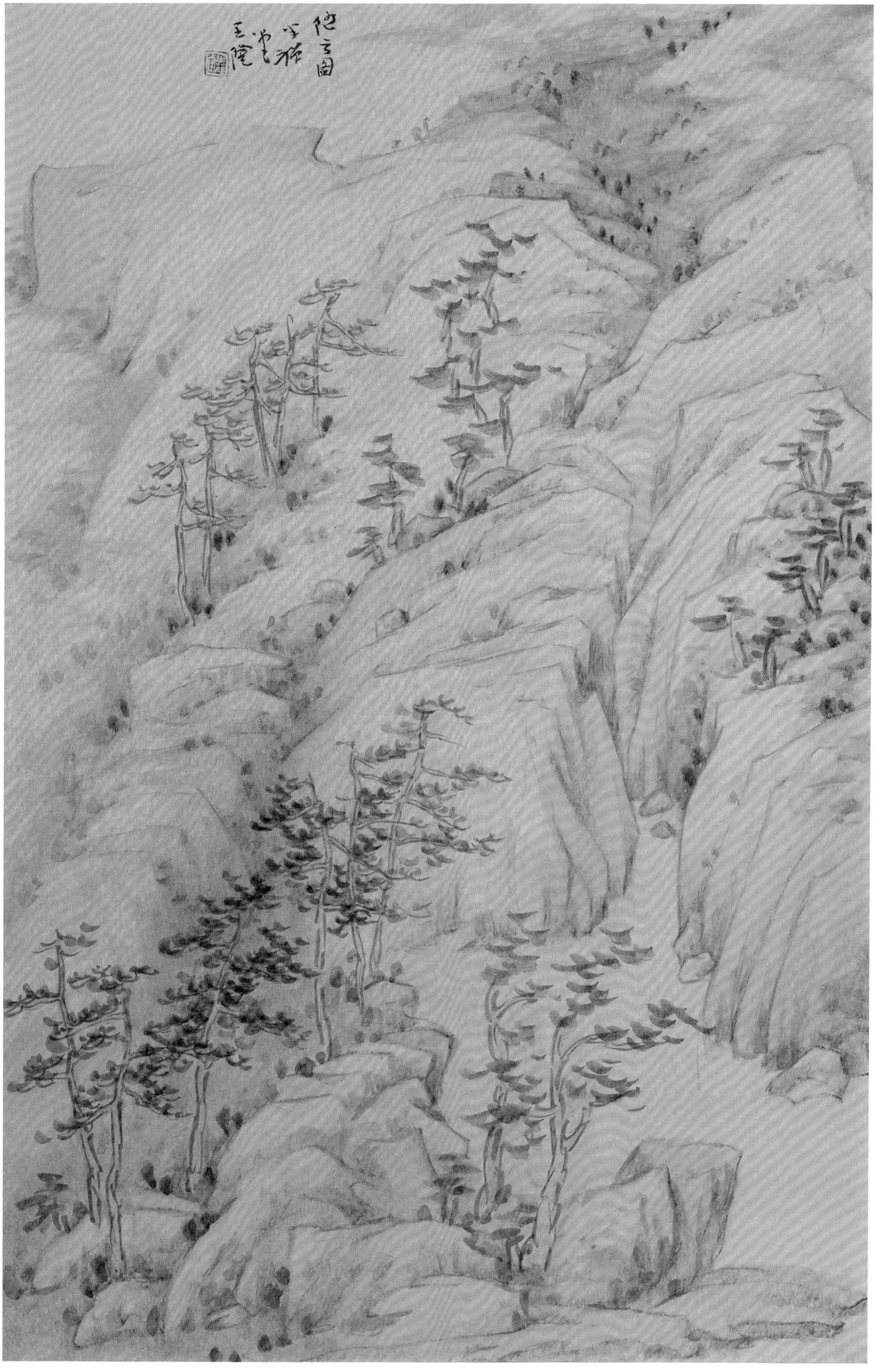

問雲圖

紙本　2012年　40cm×60cm

款識：問雲圖。半禪堂王澄。

鈐印：王（朱文），半禪堂（白文）。

向去圖
坐獲於之陰
王

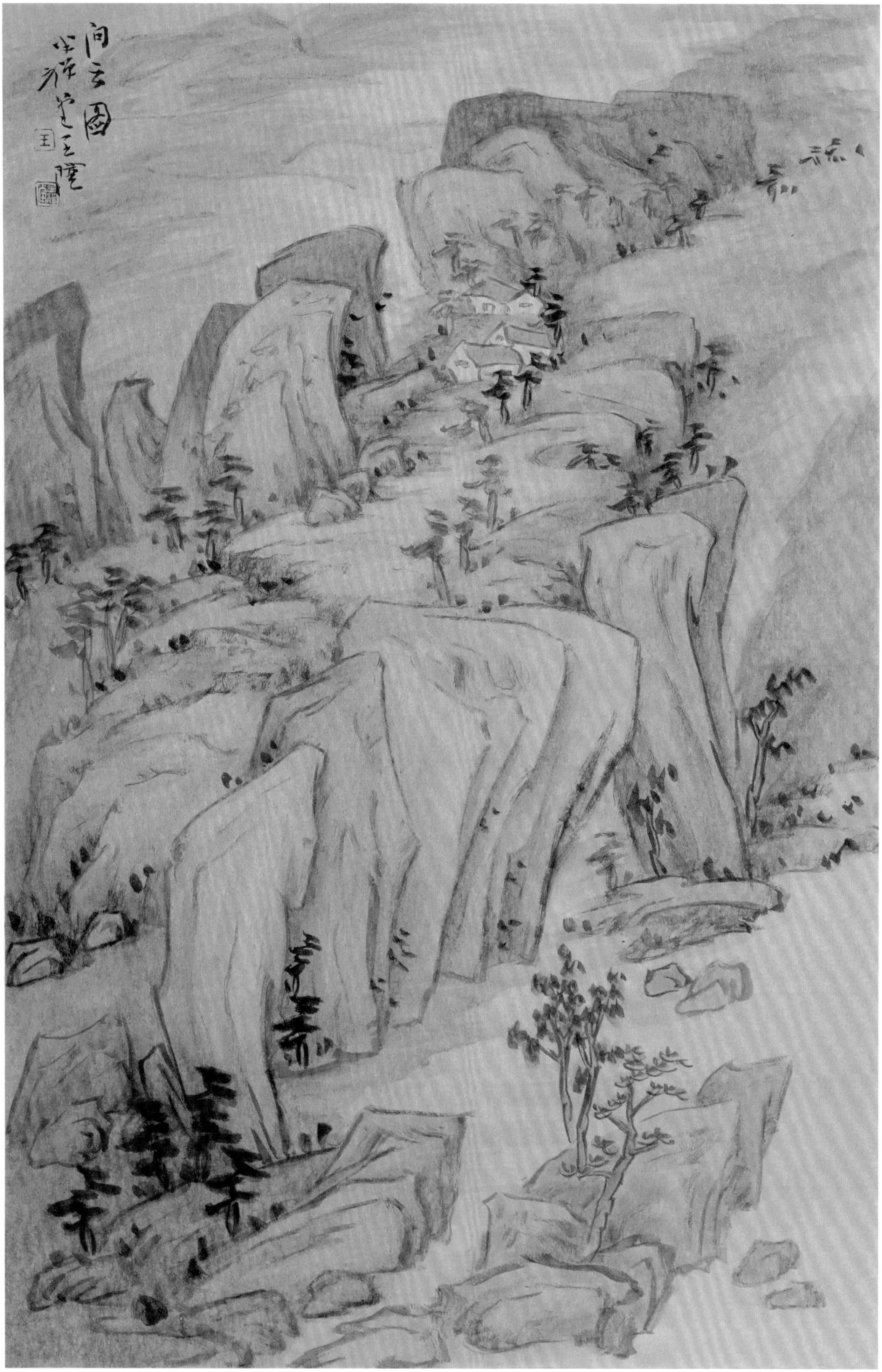

隱雲圖

紙本　2012年　40cm×60cm

款識：隱雲圖。半禪堂王澄。

鈐印：王（朱文），半禪堂（白文），半禪堂（朱文）。

隐云图

公谨先生正腕

王翚

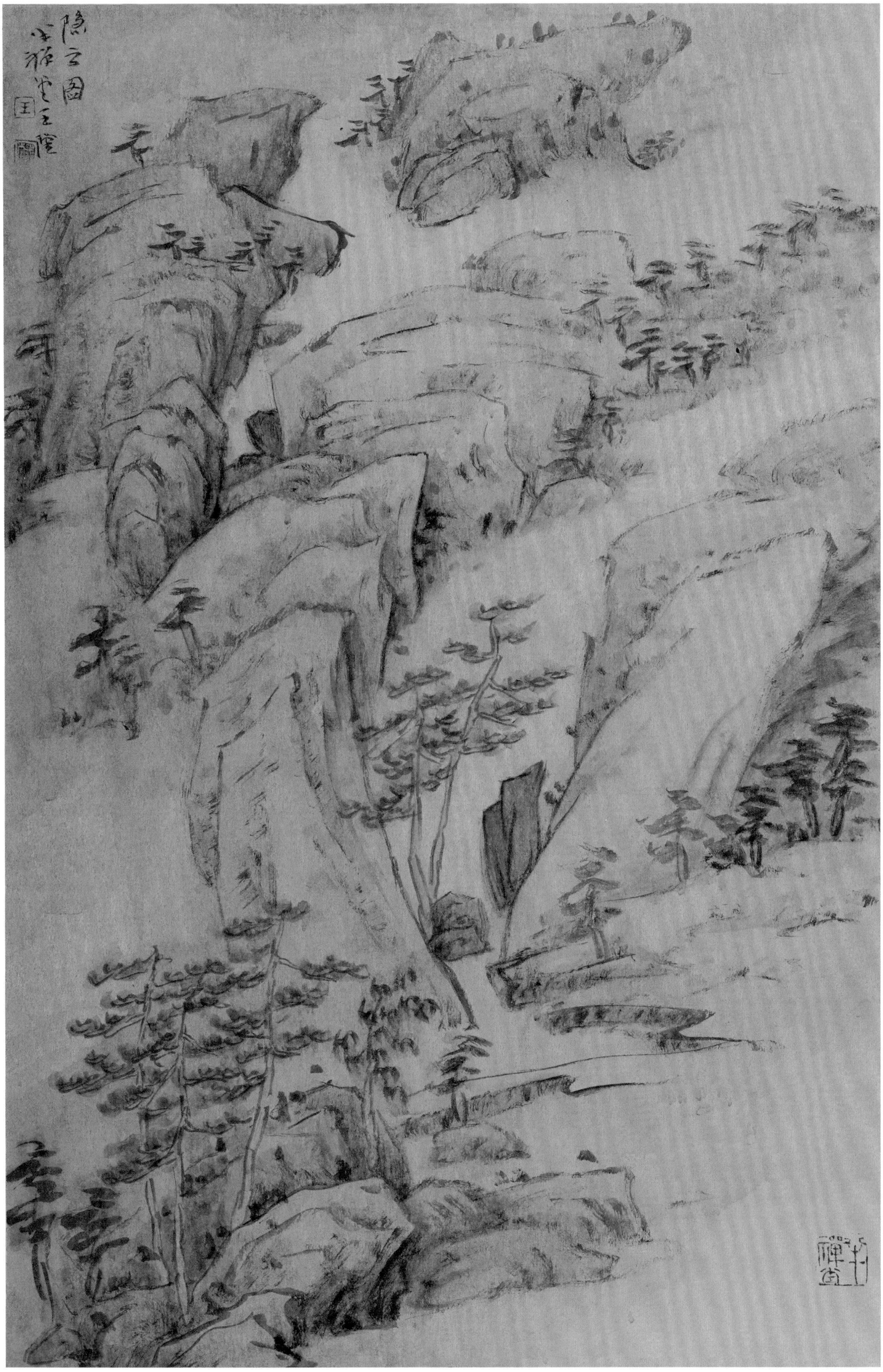

讀雲圖

紙本　2012年　40cm×60cm

款識：讀雲圖。壬辰秋仲半禪堂王澄寫在藍水岸畫室燈下。

鈐印：半禪堂（白文）。

讀書圖
壬辰秋仲寫祥雲
子陵安和
管水芳
畫室
能六

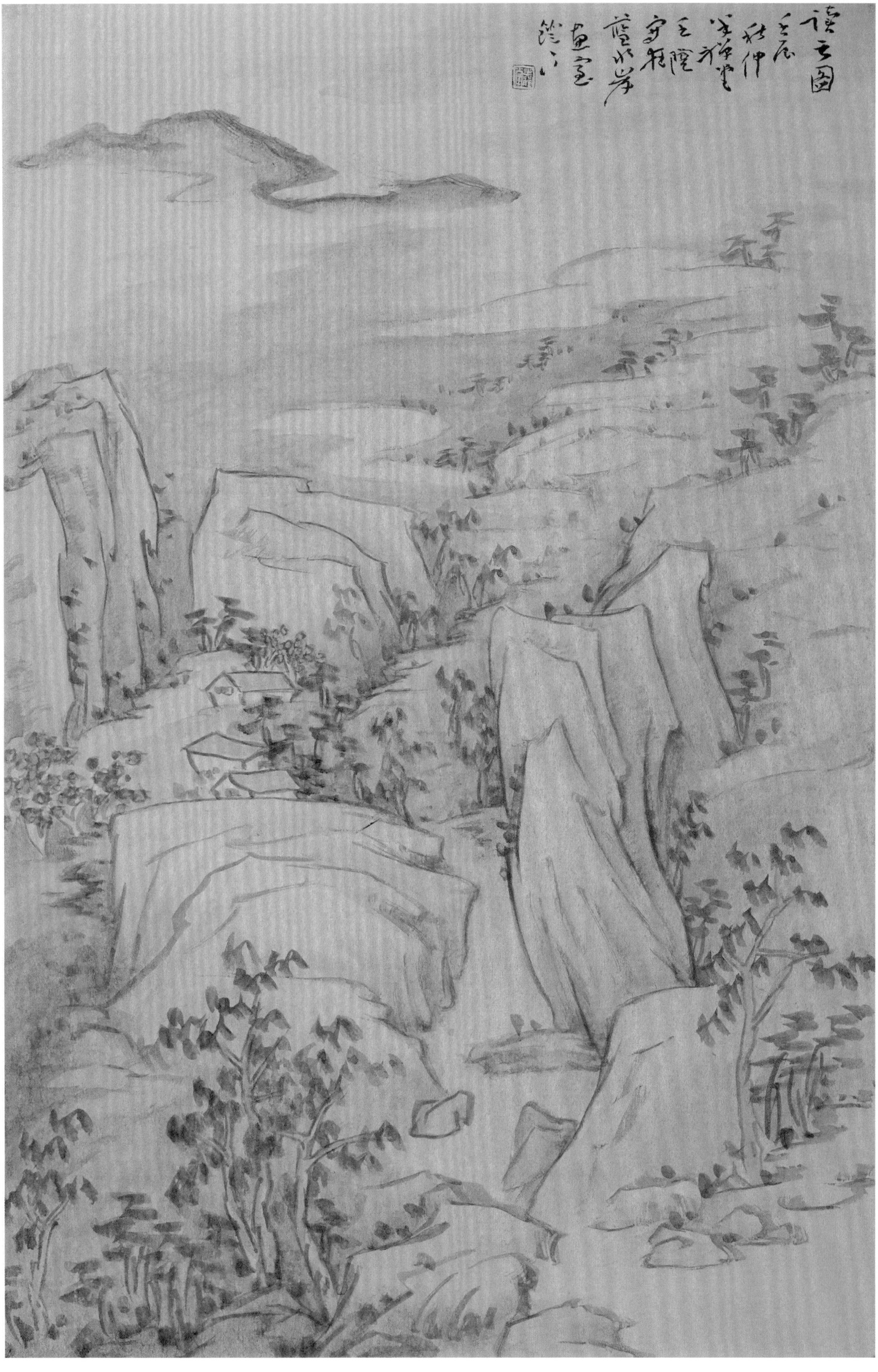

雲納萬峰

紙本　2012年　100cm×250cm

款識：雲納萬峰。壬辰秋仲寫在鄭東新區如意湖畔，半禪堂王澄并記。

鈐印：王澄之印（白文），半禪堂（朱文）。

隱天圖

紙本　2012年　101cm×247cm

款識： 隱天圖。壬辰冬初寫在鄭東新區，半禪堂王澄并記。

鈐印： 王澄之印（白文），半禪堂（朱文）。

雲際天中

雲際天中

紙本　2012年　100cm×240cm

款識：雲際天中。壬辰秋暮重陽節前一日於鄭東新區藍水岸新居畫室燈下，半禪堂王澄寫意并記之。

鈐印：王澄之印（白文），半禪堂（朱文）。

吐塵納瑞

紙本　2012年　90cm×180cm

款識：吐塵納瑞。壬辰吉月龍聚之日，半禪堂王澄寫。

鈐印：王澄（朱文），半禪堂（朱文）。

吐慶納瑞屏書龍脊之瞰白雲崖之雲陰

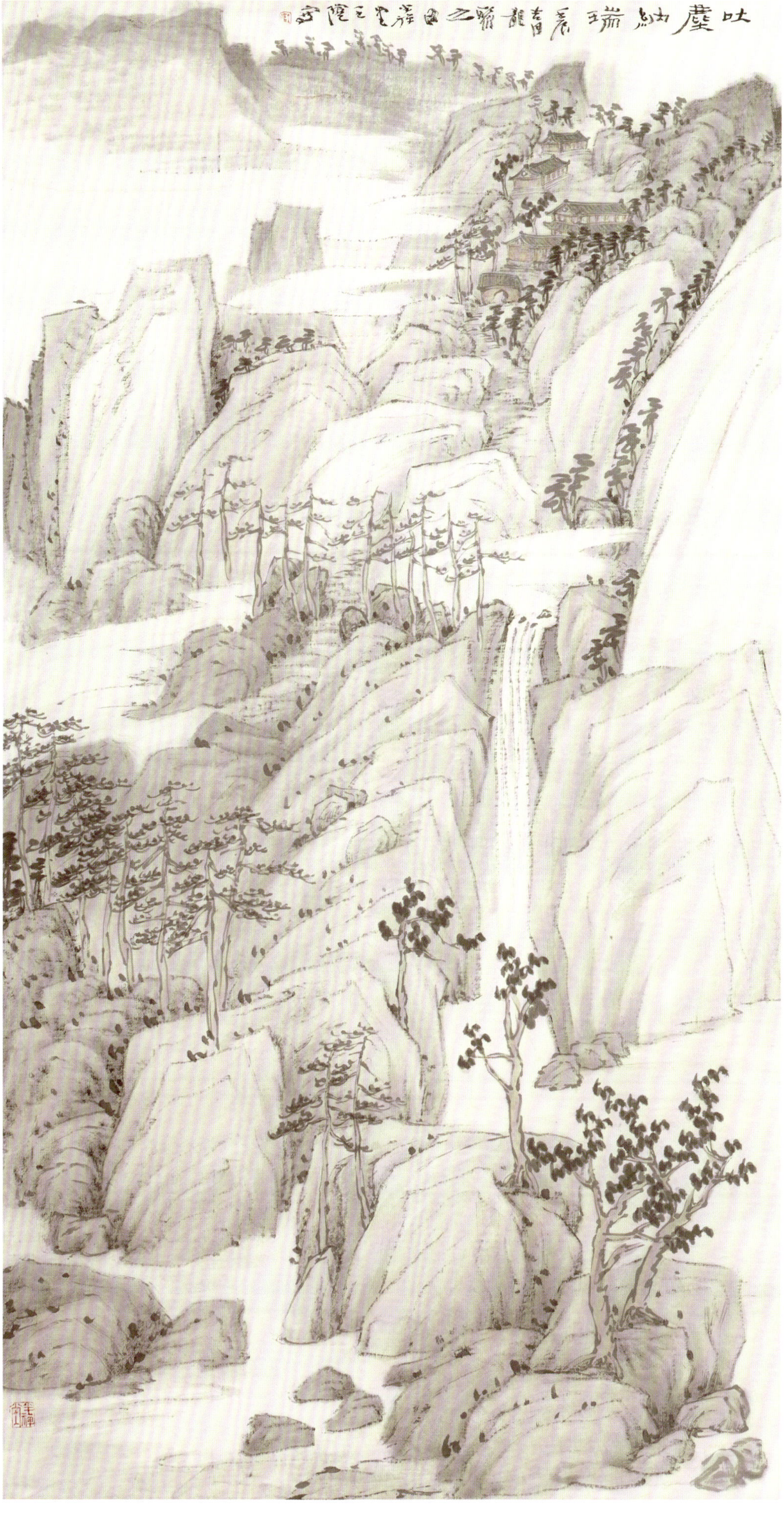

覺惠圖

紙本 2013年 100cm×290cm

款識：覺惠圖。老樹隱紅墻，屏山着緑裝。閑雲回看處，禪意畫中藏。半禪堂王澄於癸巳春初。

鈐印：佛像印，王澄之印（白文），半禪堂（朱文）。

佛機靈緣

紙本　2013年　110cm×320cm

款識：佛機靈緣。癸巳夏仲寫在鄭東新區如意湖畔藍水岸畫室燈下，時觀蓮日前三天，半禪堂王澄揮汗記之。

鈐印：王澄私印（白文），半禪堂（朱文）。

可歸

紙本　2013年　34cm×90cm

款識：可歸。半禪堂王澄。

鈐印：王澄（白文），半禪堂（白文）。

凝幽

紙本　2013年　34cm×90cm

款識：凝幽。半禪堂王澄。

鈐印：王澄（白文），半禪堂（白文）。

尋路

紙本　2013年　34cm×90cm

款識： 尋路。半禪堂王澄。

鈐印： 王澄（白文），半禪堂（白文）。

含弘博厚

紙本　2013年　84cm × 180cm

款識：含弘博厚。癸巳玄仲下元之日，寫在鄭東新區，半禪堂王澄。

鈐印：王澄之印（白文）。

話崧圖

紙本　2013年　34cm×138cm

款識：話崧圖。王澄。

鈐印：王澄之印（白文）。

舒雲圖

紙本　2013年　34cm×138cm

款識： 舒雲圖。半禪堂王澄。

鈐印： 王澄之印（白文）。

瘦碧圖

紙本　2013年　48cm×90cm

款識：瘦碧圖。半禪堂王澄。

鈐印：王澄之印（白文），半禪堂（朱文）。

笑納萬峰

紙本　2014年　223cm×295cm

款識： 笑納萬峰。甲午新正中和節前一日，寫在鄭東新區如意湖畔，半禪堂王澄。

鈐印： 王澄私印（白文），好音何作七弦彈（朱文），何如夢蝶（白文）。

笑納萬峰 甲申初夏劉如奇寫于雲蒙山房之勸泉遊畔雅斌三兄雅屬

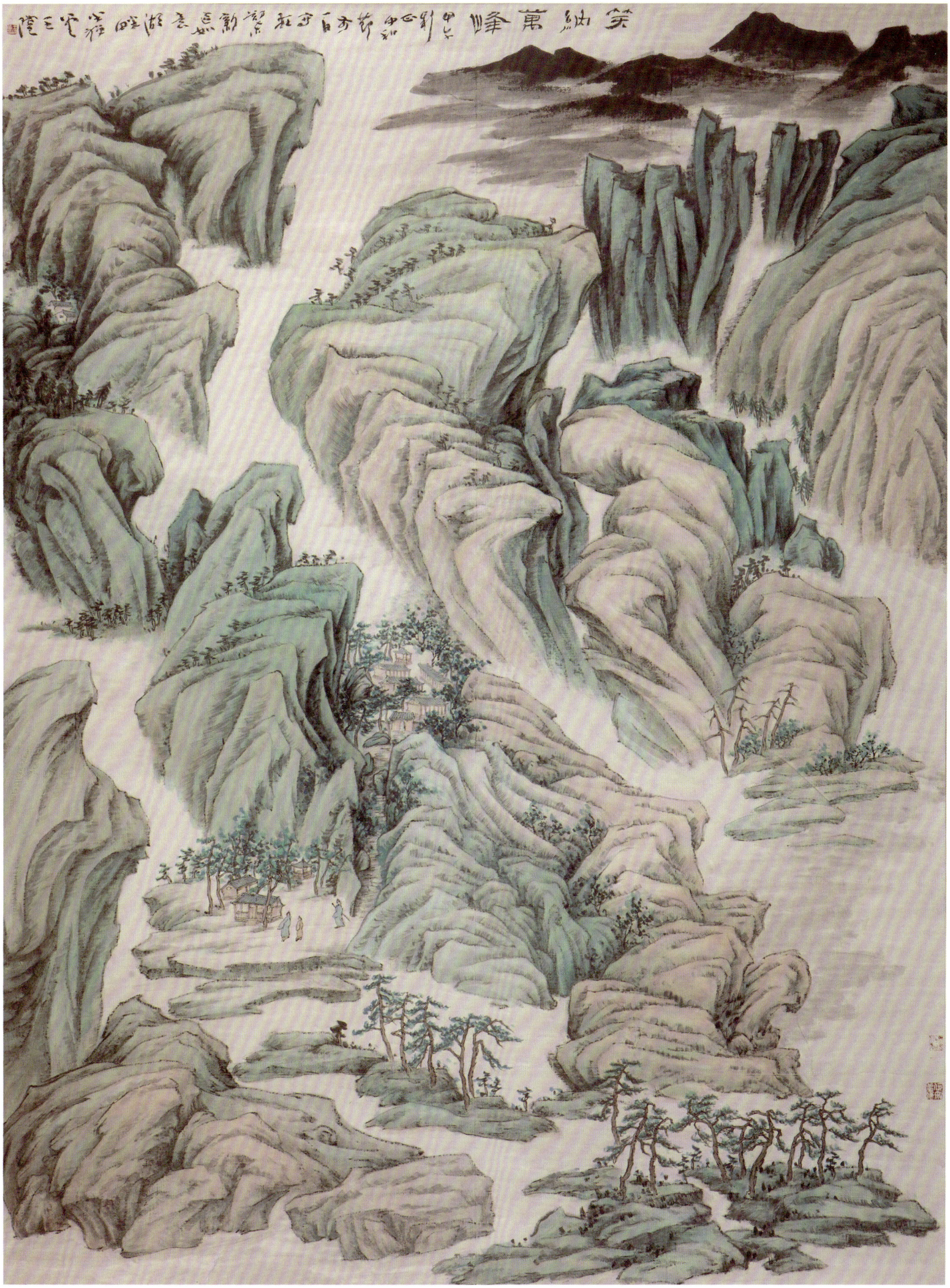